Clémence, Alix

Le disparu de Cabrérac
/ Alix Clémence.

L'auteur

Alix Clémence aime les voyages qui peuvent durer un mois ou, pourquoi pas, plusieurs années. Quand il voyage, il appelle ça « faire l'éponge » : il s'imprègne de la culture et des histoires des autres. Ensuite, il retranscrit tout ça en images et en sons pour en faire un scénario de film, un documentaire ou le script d'une série. « Des bêtises pour la télé et le cinéma », comme dit la plus jeune de ses filles. Et maintenant, il s'est mis dans la tête d'écrire des bouquins !

Du même auteur

• *Le moufflon se marre encore*
Didier Richard/Petites traces noires

Alix Clémence

Le disparu de Cabrérac

Illustration de couverture
Jacques Ferrandez

souris noire

SYROS
jeunesse

Catalogage Électre-Bibliographie
Clémence, Alix
Le disparu de Cabrérac. – Nouveauté. – Paris : Syros, 1997. –
(poche Souris noire ; 16)
ISBN 2-84146-517-9
Dewey : 811.5 : Albums et fiction. Romans. Aventures et voyages
Public concerné : Bons lecteurs (à partir de 11 ans)

1

Le premier jour, quand on est arrivé à Cabrérac, il s'est mis à pleuvoir, comme aujourd'hui. Un vrai déluge. Ça a duré deux jours et deux nuits sans s'arrêter. Je risque pas de l'oublier. C'est à cause de cette pluie que Carole et moi, on a trouvé la grotte.

Je m'appelle Manuel. Le plus souvent, on dit Manu. Mon père c'est Marc, ou Marco, Marco Perez. Mon truc, depuis que je suis en âge de comprendre quelque chose à la vie, c'est d'être toujours au bon endroit, pour trouver la bonne place. C'est un don chez moi. Normal, avec un père comme le mien et l'éducation qu'il me donne, je ne peux pas faire moins et surtout pas lui faire honte.

Mon père est un gitan. Un *noye* de la place Cassagne, à Perpignan. Mais un *noye* qui a tourné individuel. Un gitan qui vit seul, loin de sa famille et de son clan, pour sa communauté, ce n'est plus un gitan.

Quand j'ai eu dix ans, Papa m'a raconté ce qui s'était passé. Pendant qu'il faisait son service militaire à Grenoble, il est tombé amoureux d'une *gadjo*. C'était ma mère. Ils ont décidé de se marier. Quand mon père en a parlé à ses parents, ça ne leur a pas plu du tout. Pour eux et tous les membres de sa tribu, il n'était pas question qu'il épouse une étrangère. C'est pour ça que mon père a quitté Perpignan.

Pour ma mère, je sais qu'elle est morte d'un cancer, quand j'avais un an. Ma mère, bien sûr, je ne m'en souviens presque pas. Il ne me reste que des photos d'une belle femme. Avec les yeux bleus comme moi, et des cheveux blonds, comme personne, tellement ils étaient beaux. En plus des photos, il me reste une odeur, que j'essaye de ne pas oublier. Une odeur que je n'ai encore jamais retrouvée ailleurs.

Mon père, ce qu'il a gardé de ses origines, c'est l'habitude de bouger. Salima et moi, on ne sait jamais d'avance où on va se retrouver. Avec lui, c'est comme ça. Depuis ma naissance, j'en ai pris l'habitude, et j'aime ça. Ça va bien aussi avec le boulot de Salima. Salima et Papa vivent ensemble depuis quatre ans. Elle a dix ou douze ans de moins que lui, qui doit en avoir trente-six ou trente-sept. Elle est vraiment belle, Salima. Et en plus, elle est prof, diplômée d'État. Mais, forcément comme on bouge tout le temps, sans poste précis. Ça veut dire que dans la région où on vient de se poser, quand un établissement scolaire a besoin d'un prof de français... c'est bon pour elle.

Pour ce voyage en Algérie qu'elle vient de faire pendant trois semaines, c'est la première fois que Salima et papa se séparaient. Avant qu'elle parte, ils en ont parlé un soir devant moi. C'est la seule fois où je les ai vus s'engueuler. C'est évident que, dans son pays d'origine, elle n'y est pas allée pour faire du tourisme. Mais, il n'y a rien eu à faire, Salima n'a pas cédé et Papa n'a plus rien dit là-dessus.

Après le départ de Salima, Papa a fait le fier. Comme si ça lui plaisait de jouer les célibataires et de faire son joli cœur. En fait, très vite, il a perdu la forme. Au bout d'une semaine il était devenu orphelin de Salima. C'est pour ça qu'en attendant il s'est trouvé cette combine de foie gras.

Les premiers jours, pour aider mon père et me faire des sous, j'ai été bosser avec lui dans son stand, sur le parking de l'hypermarché.

Papa avait loué au directeur de l'hyper un stand en toile, en plein milieu du parking. Pour vendre son foie, Papa a vraiment assuré. Moyennant un pourcentage honnête, deux fois par jour, un copain, chauffeur dans une société de cars de tourisme, arrêtait son engin sur le parking de l'hyper, devant les toilettes publiques. À vingt mètres de notre stand. Suivant les jours et les circuits, son car était bourré, au choix, d'Allemands, de Hollandais ou de Japonais. Forcément, ça aidait à la vente.

Pendant trois jours, Papa et moi, on a vendu du foie gras aux touristes. Ça marchait du feu de Dieu. Tous les soirs on rentrait à la ferme crevés, mais contents.

Les trois premiers jours, il n'a fait que pleuvoir dans la région. Pour moi, en dehors de bosser avec Papa, pas moyen de mettre le nez dehors. Je commençais à trouver les journées un peu longues. C'est pour ça que, la veille du quatrième jour, quand Papa m'a proposé de rester à la ferme, je n'ai pas dit non.

Ce jour-là, après avoir bien dormi, et bien déjeuné, je me suis rendu compte qu'il n'y avait pas tellement de choses à faire dans la ferme. Alors je suis allé faire un tour à Cabrérac.

Ça se présente comme pas mal d'autres petits villages en France : une grande rue, une place centrale, avec son monument aux morts au milieu, et pas grand-chose d'autre autour. Après avoir remonté la rue principale, je me suis retrouvé à l'autre bout du village. Devant l'ancienne école. Elle devait dater du temps où il y avait encore assez d'enfants pour qu'on y fasse la classe.

J'ai franchi discrètement les grilles pour traîner dans le préau quand je suis d'abord tombé sur Andy. Il m'a regardé de ses grands yeux, sans rien dire, prudent. Denis s'est pointé juste derrière. Il m'a dévisagé comme s'il regardait une crotte. J'ai deviné tout de suite que le troisième était le frère jumeau du premier. Andy et Stephen Noguère, on aurait dit deux photocopies.

Quand on s'est rencontrés, ils étaient en train de chercher un moyen d'entrer à l'intérieur de l'ancienne école. Je leur ai montré comment s'y prendre pour ouvrir une fenêtre fermée de l'intérieur avec un bout de fil de fer : discrètement, sans casser de carreau. Ça a tout de suite brisé la glace entre nous. On s'est présentés et j'ai été faire un tour à l'intérieur avec eux.

Dans le couloir et les trois classes, ça sentait la poussière et le vieux bois. Comme trucs intéressants, il n'y avait pas grand chose à récupérer. Au bout d'un moment on en a eu assez. En ressortant de l'école, Andy et Stephen ont proposé qu'on aille jouer tous les quatre aux templiers. Denis, n'a pas osé dire non. Mais avant qu'il dise oui, j'ai eu le temps de remarquer que ça ne l'enchantait pas de me voir les suivre.

La maison de Denis est la plus imposante du village. Elle se trouve sur la place principale, juste en face du monument aux morts, avec de l'autre côté la mairie de Cabrérac. Denis et ses parents habitent le premier étage. Au rez-de-chaussée, il y a la boutique de son père. G. Brisson - Assurances.

À l'intérieur, ça voulait faire bourgeois avec les meubles cirés, les tableaux au mur et les objets en porcelaine, dans des vitrines fermées à clef. En montant à l'étage, Andy m'a glissé dans le creux de l'oreille que Monsieur Brisson était, également, le maire du village.

J'ai compris pourquoi le fils du maire avait finalement accepté que je vienne jusqu'à chez lui : ses parents venaient de lui offrir un Pentium avec lecteur de CD quadruple vitesse, SVGA 256 couleurs et tout. Pour l'instant, Denis en était seulement à essayer de lire la notice d'utilisation. Il n'y avait qu'à voir la tête qu'il faisait pour se rendre compte qu'avec ses deux copains ils n'y pigeaient rien du tout.

En moins de cinq minutes j'ai installé le programme du CD-ROM. Après ça, comme dehors il s'était mis à pleuvoir, nous avons passé plusieurs heures à jouer au *Secret des templiers*, un jeu vidéo d'aventures. En fin d'après-midi, on était presque des potes. Disons qu'avec les frères Noguère, j'avais la cote. Avec Denis, comme je lui avais mâché le boulot pour arriver au bout de presque toutes les énigmes du jeu, il n'avait aucune raison de me faire la gueule.

Vers huit heures, la mère de Denis l'a appelé pour qu'il vienne manger. Avant de se quitter, on s'est dit que, le lendemain, s'il ne pleuvait pas, on pourrait se retrouver pour aller jouer dans la forêt. Elle se trouvait juste derrière les dernières maisons du village.

2

Le lendemain matin, le soleil tapait déjà plein pot sur le parquet de ma chambre.

Quand, après avoir déjeuné, j'ai ouvert la porte de la ferme, dans la cour, je suis tombé sur Carole qui accompagnait les trois autres.

Elle était vraiment jolie. Avec ses cheveux longs, châtain clair, qui lui tombaient jusqu'aux épaules. Elle était grande pour une fille. Presque comme moi. Elle m'a tout de suite fait une bonne impression.

Depuis qu'on s'était installés dans notre ferme, à même pas cent mètres de leur terrain de foot, la Cadillac Eldorado couleur rouge sang de Papa n'était pas passée inaperçue chez les gens du village. Tout particulièrement les plus jeunes. Du coup, avant de partir faire un tour dans la forêt, je leur ai fait admirer le bijou.

Je leur ai dit que mon père et moi, on était des gitans. Notre voiture, c'était comme son bateau pour un marin, fallait qu'elle soit solide, que ça embarque beaucoup de passagers et, si possible, que ça en jette. À part Carole, les trois autres n'ont pas eu l'air de comprendre ou d'apprécier la comparaison.

Dans la forêt, Denis a décidé de jouer à l'attaque des commandos de la mort. Un jeu à la noix, un genre de poursuite entre deux équipes. Ça a tout de suite mal commencé. Le fils Brisson a voulu qu'on se répartisse. Comme par hasard, il a décidé que Carole et lui allaient faire équipe. J'ai proposé le contraire. À la fin, c'est moi qui suis parti avec Carole. Les trois autres étaient nos poursuivants. Pour Denis, j'ai compris que ce n'était plus la peine d'en attendre grand-chose, côté camaraderie. C'était visible que Carole, il la trouvait tout à fait à son goût.

Très vite, Carole et moi, on s'est arrangés pour que les autres ne nous retrouvent pas facilement. Au bout d'une demi-heure de marche, on était tout à fait incapables de dire où on pouvait bien se trouver. Mais ça ne nous dérangeait pas. On a commencé à parler. Carole était la cousine de Stephen et d'Andy Noguère. Elle habitait Saint-Fons, à côté de Lyon. Elle était venue chez ses cousins, à Cabrérac, pour passer quelques semaines. Histoire de respirer le bon air.

Si je n'avais pas vu Carole la veille, c'est parce qu'elle donnait un coup de main aux Noguère en préparant les foies gras pour les mettre en bocaux. Janine, la mère des jumeaux, allait les vendre sur les marchés à partir de la saison d'automne.

Carole ne m'a rien dit de plus, mais j'ai bien compris que ça ne rigolait pas tous les jours avec les Noguère. Le père d'Andy et de Stephen, je l'avais aperçu de loin, en passant devant la petite maison où ils habitaient. C'était un vrai colosse, toujours en treillis. Il n'avait pas l'air d'un marrant.

Ce samedi-là, il faisait beau. Les Noguère avaient donné la permission à Carole de suivre ses deux cousins dans la forêt. Elle avait préparé trois casse-croûte, un pour chacun. Vers deux heures, les trois autres ne nous avaient toujours pas trouvés. On s'est dit que ce n'était pas la peine d'attendre. On avait vraiment faim. On a mangé les trois sandwichs, en se les partageant moitié-moitié.

On a commencé à avoir soif. On s'est dirigés vers une falaise en pierre pour chercher de l'eau. En longueur, c'était comme un mur en plein milieu de la forêt.

Avec toute cette flotte qui avait dégringolé ces derniers jours, j'ai pas eu de mal à trouver, entre un tas de rochers, un creux rempli de mousse avec une eau lisse et transparente comme du verre. Carole hésitait à y tremper les lèvres. Je lui ai expliqué que nous, les gitans, nous savons reconnaître l'eau potable partout où il y en a, et que nous ne nous trompons jamais. Carole m'a encore souri et elle s'est penchée pour boire. Elle a trouvé l'eau délicieuse.

Avant Carole, jamais une fille ne m'avait fait un tel effet. J'espérais seulement que c'était pareil pour elle.

Au début, on a commencé à jouer à des jeux débiles, genre : la princesse indienne et son chasseur de scalp. J'ai ramassé du bois mort pour faire un feu... À la fin, on n'a rien trouvé de mieux que de s'allonger sur un tapis de mousse pour se raconter notre vie. On est restés un bon moment sans bouger, presque sans parler, couchés côte à côte, en regardant le ciel à travers les feuilles des arbres. C'est là que j'ai respiré l'odeur de ses cheveux pour la première fois. Ma poitrine tapait comme si mon cœur allait me sortir par les oreilles. Carole a tourné la tête. Le bout de sa chevelure a fouetté ma joue gauche. Ça m'a fait comme un choc électrique. Je me suis appuyé sur un coude pour me redresser. Elle me regardait sans sourire, sans parler. Je me suis dit que, à la prochaine occasion, j'oserais.

C'est vrai qu'on avait complètement oublié Denis et les deux frères Noguère. Il était déjà cinq heures passées. Carole a voulu qu'on se remette en marche pour qu'ils ne se mettent pas à jaser sur notre compte. Elle est montée en haut d'un éboulis de rochers pour se repérer. C'était une sorte de plate-forme, avec des fougères et de l'herbe. J'ai sauté sur un rocher pour la rejoindre. Pour grimper plus vite, j'ai tiré dessus de toutes mes forces. Tout s'est passé très vite. Je n'ai rien vu venir. Il y a eu un glissement. Le rocher a basculé sous mes pieds. J'ai perdu l'équilibre. En même temps, il y a eu un drôle de bruit... Une sorte de chouffffll'oufff ! Le rocher a basculé devant moi, d'un coup, comme si on venait de le désintégrer, et il a disparu. À sa place, il n'y avait plus qu'une cavité ronde, noire et sans fond, de presque un mètre de diamètre.

Comme je ne bougeais pas, couché dans l'herbe, le torse à moitié engagé dans l'ouverture, Carole a eu peur.

– Manu ? Ça va ? Manuel ? Tu t'es fait mal ?

Je n'ai pas répondu tout de suite. Ce que je venais de découvrir me laissait sans voix. Complètement paniquée de ne pas m'entendre, Carole a sauté d'un bond à côté de moi. Elle m'a agrippé par mon tee-shirt et m'a tiré en arrière d'un seul coup. Elle m'a presque entièrement ressorti du trou. Quand, toujours allongé sur le sol, je me suis retourné vers elle, j'ai vu qu'elle était toute pâle. Je lui ai souri. Elle a soufflé un grand coup.

– J'ai cru que le rocher... Ta tête ! Un truc horrible !...

Après ça, elle a désigné du menton l'ouverture dans la paroi.

– C'est quoi, ce trou ?

Je lui ai montré les trois grosses pierres qui formaient comme les première marches d'un escalier rudimentaire.

Elle a fouillé dans son sac de toile pour en sortir une lampe de poche dont le boîtier en plastique représentait une tête de Mickey.

– Je l'utilise le soir, pour traverser le couloir, chez mon oncle, quand je vais me coucher à l'étage.

Ses yeux brillaient de plaisir et d'impatience.

– Viens, on va voir ! Je passe la première, j'ai pas peur du noir !

Sans rien ajouter d'autre, Carole m'a donné la lampe électrique et elle est entrée dans la grotte. On a commencé à descendre. Moi, juste derrière elle, j'éclairais comme je pouvais le boyau qui descendait droit dans le noir.

3

On a bien mis cinq minutes à descendre les rochers en tâtonnant et en s'aidant mutuellement. Ça nous a donné le temps de nous habituer à l'obscurité. Quand nous avons posé le pied sur le sol de la grotte, on s'est rendu compte que c'était du sable.

Du sable fin et presque blanc. Les murs et le plafond, haut de trois ou quatre mètres, étaient de couleur claire. C'était du rocher. L'air à l'intérieur de cette caverne était très sec, pas humide, comme au-dessus, dans la forêt. En marchant un peu à l'aveuglette, on a retrouvé le rocher couvert d'herbes et de mousse qui obstruait l'entrée. Il avait roulé jusqu'au fond de cette première partie de la caverne. L'ouverture pour passer dans la deuxième salle était grande comme un porche de ferme.

Nous avons marché sans y voir grand-chose pendant un bon moment. Jusqu'à ce qu'on se retrouve devant une paroi de roche. Aussi loin que la lampe Mickey éclairait, on voyait un mur lisse et droit.

Quand j'ai levé la lampe, la tête du bison nous a littéralement sauté dessus. Carole a poussé comme un soupir. J'ai eu peur qu'elle se soit fait mal et aussitôt j'ai détourné le flux de lumière sur son visage. Elle était toute pâle. Elle continuait, sans la voir, à regarder la tête de bison. Elle m'a fait un signe pour que je cesse de l'éclairer inutilement.

– Éclaire ! Éclaire-le ! C'est fantastique, Manu. Je n'ai jamais vu quelque chose d'aussi beau !

Le grand bison n'était pas tout seul. Il était entouré de pas mal de ses copains. Des plus petits, des complètement dessinés jusqu'aux pattes ; d'autres, rien que la tête. Tous avec un air incroyablement vivant. C'était des dessins et des peintures qui dataient de l'époque des hommes de Cro-Magnon. Sans être des spécialistes, Carole et moi étions d'accord là-dessus. Depuis le CE2, nous avions eu l'occasion d'admirer pas mal de photos sur ce sujet.

Pour le moment, dans cette salle immense, nous nous contentions de découvrir toutes ces merveilles, les unes après les autres. Carole voulait absolument tout voir. Elle m'a tiré par mes vêtements sans se soucier de savoir si je suivais ou si c'était seulement la manche de mon tee-shirt. Elle était dans un état pas possible. Moi, je me disais surtout que nous venions de mettre les pieds dans un truc pas banal. Je nous imaginais annonçant la nouvelle aux trois autres. Leurs yeux ronds et leur jalousie, d'apprendre que cette grotte était à Carole et à moi. Un vrai feuilleton télé. Tiens ! La télé, pourquoi pas ? « Et comment avez-vous fait pour trouver cette grotte ? Et que comptez-vous en faire ? Comment l'appellerez-vous ?... » Là, j'ai eu l'idée tout de suite : la grotte « Carole et Manuel ». J'ai dit ça à haute voix. Carole s'est mise à rire dans le noir. Elle m'a pris le bras et l'a relevé pour que j'éclaire encore.

– Éclaire plus haut ! On a encore des tas de choses à voir ! J'en suis sûre !

J'ai tendu le bras en direction de la paroi devant nous. C'était gris, confus et tout brouillé.

– Éclaire mieux que ça ! On ne voit rien !

C'était pas moi qui refusait d'éclairer, mais la pile commençait à faiblir.

– Il faut qu'on sorte, Carole. Sinon, on va se retrouver dans le noir dans pas longtemps.

– Encore un peu. Juste deux ou trois minutes. Pas plus. Viens, Manu... Regarde, là ? C'est quoi ?

Elle avait des yeux de chat. Juste à ses côtés, je ne distinguais rien d'autre qu'une espèce de tas... Comme de la terre séchée.

Avec la lampe qui déclinait, il a fallu qu'on s'approche tout près. Pour tâter, nous rendre compte. J'ai reconnu du premier coup l'échine, la courbure de l'encolure, et l'extrémité du museau. La tête de celui que j'explorais était magnifique, les naseaux dilatés. C'est quand j'ai passé la main sur la crinière que j'en ai été certain.

– Regarde ! Il y en a trois ! Trois chevaux ! On dirait qu'ils galopent ensemble !

La lampe nous laissait tout juste de quoi nous rendre compte qu'il s'agissait d'une fresque en relief. Ça ressemblait à de l'argile qui était devenu dur comme du ciment après tant d'années. Trois petits poneys, avec des grosses têtes, par comparaison avec les chevaux de maintenant.

La lampe de poche s'est mise à clignoter, deux ou trois coups. Le faisceau était devenu plus pâle que la flamme d'une allumette. Carole a eu l'air de ne pas s'en rendre compte, ou de s'en moquer totalement. J'ai eu beau secouer, ouvrir le boîtier et frotter la pile. Rien, pas même un clignotement.

– Tu as des allumettes ?

– Non, je ne fume pas. J'aime pas.

– Moi non plus.

– On y va ? Par où, à ton avis ?

C'était là le problème. Tant qu'on avait pu avancer avec la lampe, on s'était orientés. Mais maintenant, c'était une autre paire de manches. En fait, dans le noir, on perd totalement le sens de l'orientation. La main de Carole est venue prendre la mienne. J'ai senti qu'elle me tirait vers la droite. Moi, je serais plutôt parti dans l'autre sens. Mais comme je n'étais sûr de rien, j'ai suivi en battant de ma main libre l'obscurité de la grotte.

Pendant tout le temps où nous sommes restés à tâtonner comme des aveugles, pas une fois Carole n'a ouvert la bouche pour se plaindre, ni protester. Elle était descendue avec moi, on s'était perdus, elle assumait.

Nous nous sommes cognés une bonne douzaine de fois sur les parois de la caverne. Une fois, on s'est même étalés ensemble.

Au bout de je ne sais combien de temps, j'ai reconnu le passage vers la première salle, qui menait vers l'extérieur. Nous avons su alors qu'il fallait regarder vers le haut, vers le ciel. Nous nous doutions que nous n'allions pas nous repérer à la lumière du jour mais, au bout de quelques pas, j'ai senti la main de Carole qui serrait brusquement la mienne.

– Regarde ! Tu la vois ?

Oui ! C'était une étoile, une petite étoile toute brillante, là-haut, à travers le trou du rocher. Elle nous indiquait le chemin de notre délivrance.

4

Nous n'avons pas traîné pour remonter à quatre pattes les pierres d'éboulis. Une fois à l'air libre, nous sommes sortis presque en courant sur la plate-forme. L'humidité, la fraîcheur de la nuit et la lune dans un ciel clouté d'étoiles nous ont accueillis.

Ma montre, dans le noir de la grotte, ne m'avait servi à rien. Le boîtier n'était pas lumineux. Mais là, sous les rayons de la lune, ce n'est pas le froid qui m'a fait frissonner un grand coup.

– Tu sais quelle heure il est ?

– Non ?

– Presque neuf heures !

– Tu vas te faire engueuler par ton père ?

– C'est pas pour moi que je me fais du souci. C'est pour toi. Les Noguère...?

– Je m'en fous !

C'était à peine croyable ! Carole avait l'air de bien plus s'inquiéter pour moi que pour elle. Ce que je ne savais pas encore, à ce moment-là, c'est qu'avec cette fille j'étais loin d'être parvenu au bout de mes surprises. La suivante n'a pas tardé à venir.

– Manu, il faut qu'on parle avant qu'on rentre chacun chez soi.

Elle a désigné l'ouverture, qu'on distinguait à peine dans l'obscurité du rocher humide

– Pour la grotte ? Tu penses faire quoi, toi ?

Je sentais bien qu'elle avait son idée sur la question. Elle avait eu tout le temps de réfléchir dans la caverne. Je n'ai pas osé lui parler de mes rêves de gloire.

– Ben, je ne sais pas... On va voir

– Moi, je te propose qu'on se taise. Qu'on ne dise rien. À personne.

– Mais pourquoi ?

– Si on leur dit ce qu'on a trouvé, tu peux être sûr que pour nous deux, c'est terminé.

Je n'ai pas compris ce qu'elle voulait dire. Je pensais qu'elle voulait parler de notre relation et ça m'a agacé.

– Pourquoi ça sera terminé ?

– Parce que jamais plus on aura le droit de se revoir et de retourner dans la grotte. Après, elle sera à eux. Ceux de Cabrérac, ou même à d'autres. Des gens de Paris par exemple. Et moi, je ne veux pas. Je veux pouvoir y retourner, dans notre grotte. Autant que je veux. Après, on leur dira. Mais seulement après. Maintenant on ne parle de rien. Tu es d'accord ?

– D'accord ! Je suis d'accord. On n'en parle pas. Pas tout de suite. Mais qu'est ce qu'on fait alors ?

– On rentre ! On ne dit rien à personne et on trouve des lampes pour revenir le plus vite possible.

– On pourrait revenir aussi avec un appareil photo. Salima en a un.

– Bonne idée. Mais avant, on va se faire un serment solennel. Tu répètes après moi : Je jure... de ne parler de la grotte « Carole et Manuel » à personne. Si je devais trahir mon serment, je serais parjure et on se reverrait plus jamais toi et moi.

J'ai juré, bien sûr, à la manière des gitans. Ça lui a bien plu. Après ça, elle m'a aidé à dissimuler l'entrée de la caverne. Comme il n'était pas possible de remettre en place une pierre aussi grosse, on a arraché vite fait des fougères, et ça a suffit.

Sous la lune, nous n'avons pas mis plus d'une demi-heure pour retrouver Cabrérac. Il suffisait de traverser le bois dans la bonne direction pour arriver devant le village.

Carole n'a absolument pas voulu que j'entre avec elle chez les Noguère. Pour me faire obéir, elle s'est penchée sur moi et toc ! un bisou. J'aurais bien voulu que ça dure un peu plus. Mais à l'heure où on rentrait ce n'était pas utile que quelqu'un du village nous surprenne en train de jouer les amoureux.

Jusqu'à ce que je me couche, et même après, j'ai remué tout ça dans ma tête, énervé, et en même temps pas vraiment à l'aise.

Bien entendu, en chemin vers Cabrérac, on avait décidé avec Carole de raconter qu'on s'était perdus dans le bois. Que nous avions mis toute la journée à retrouver le chemin du village. Mais on se rendait bien compte que ce bobard aurait du mal à passer.

Même pour quelqu'un qui ne connaissait pas les environs de Cabrérac, le bois de la commune, c'était pas l'Amazonie.

Je n'ai pas eu besoin de mentir à papa. Coup de bol, ce soir-là, le centre commercial faisait nocturne. Quand j'ai entendu sa moto arriver devant la ferme, il était plus de onze heures. Il a eu l'air étonné de me retrouver dans le salon, le nez plongé dans mes bouquins. Comme d'habitude, il s'est approché pour m'ébouriffer les cheveux et me demander si la journée s'était bien passée.

– Super journée, papa !

Sans doute trop crevé pour m'en demander plus, il a foncé vers sa chambre.

Les hommes de Cro-Magnon, dans notre bibliothèque perso, il n'y avait pas des masses de bouquins sur le sujet. Mon livre d'histoire de classe de 6e et c'était tout. Coup de bol, j'ai trouvé une vieille encyclopédie Larousse. L'art paléolithique dans le Périgord – la grotte de Lascaux, par exemple, datait de moins

15000 à moins 8000 avant Jésus-Christ. On y parlait de la technique que les hommes des cavernes avaient employée pour peindre les animaux et les scènes de chasse dans les grottes. On disait aussi qu'il y avait des tombes, et que certains hommes préhistoriques avaient été enterrés dans ces cavernes et qu'ils portaient des bijoux sur eux.

5

Le lendemain matin, quand je suis parti en faisant le moins de bruit possible, papa dormait encore.

Je me suis pointé devant l'école désaffectée vers dix heures. J'y avais rendez-vous avec Carole. Elle m'attendait depuis presque une heure.

J'ai tout de suite deviné que ça s'était moins bien passé chez les Noguère que chez moi. Elle avait l'air fatiguée et ne parvenait même pas à garder le sourire pour me parler.

Elle était inquiète. Elle a d'abord jeté un coup d'œil derrière elle, pour voir s'il n'y avait personne. Il a fallu que j'insiste et que je lui pose plusieurs fois les mêmes questions, avant qu'elle se décide à me raconter ce qui s'était passé la veille au soir, chez ses cousins.

Quand elle est entrée, toute la famille regardait la télé, vautrée dans les fauteuils et le divan du salon. Personne n'a fait attention à elle. Comme elle n'avait pas mangé depuis nos trois demi-sandwichs, au lieu de monter dans sa chambre, elle a été faire un tour à la cuisine. C'est là que Janine, la mère d'Andy et de Stephen, est venue la retrouver. Cette hypocrite a commencé aussitôt à la cuisiner. Carole n'a presque rien dit, sauf qu'on s'était perdus dans la forêt.

– Vous n'auriez pas pu appeler pour que tes cousins vous entendent ?

Après ça avait été du style : « Vous parliez de quoi ? » « Vous étiez où ? ». Ou encore : « Vous faisiez quoi, quand vous ne cherchiez pas votre chemin ? »

Tout en parlant avec Janine, Carole a pris la lampe de poche dans le sac en toile pour changer la pile et en prendre une neuve dans le placard de la cuisine.

Elle a remarqué alors que Lionel, le père d'Andy et de Stephen, se tenait debout contre la porte de la cuisine avec un air bizarre. Carole a compris qu'elle venait de faire quelque chose qu'elle n'aurait pas dû faire. Trop tard !

Quand Carole est passée devant lui pour monter se coucher, Lionel lui a pris le bras et l'a serré très fort. Sans rien dire, il a fouillé dans son sac pour prendre la lampe. Il a examiné le boîtier sous toutes les coutures. Il a essuyé du bout des doigts un peu de sable blanc – du sable du fond de la grotte –, qui était resté collé sur le plastique. Et il lui a demandé ce qu'elle avait fait avec cette lampe.

Sans paniquer, Carole a répondu qu'elle s'en était servi pour retrouver son chemin et qu'elle l'avait fait tomber sur le sol. Lionel lui a répondu que du sable fin comme ça et de cette couleur, dans la forêt, il n'y en avait pas. Après, il l'a lâchée et l'a laissée monter se coucher.

Quand Carole s'est réveillée ce matin, alors que d'habitude ça courait dans tous les sens dans la baraque, là, pas un bruit, pas un chat.

Dans la cuisine, Janine finissait de préparer un plateau : le petit déjeuner de son Lionel. Elle lui a juste dit bonjour vite fait et elle est remontée aussitôt dans sa chambre. Sans lui dire de faire quoi que ce soit – ce qui n'était jamais arrivé depuis que Carole était en « vacances » chez eux –, ni lui demander ce qu'elle voulait, ou allait faire, de sa journée. Carole s'est préparée en vitesse et elle est sortie.

En chemin, vers l'école, elle a fait extrêmement attention, et regardé partout, tout autour d'elle ; elle n'a vu personne, ni rien remarqué de suspect. C'est bien ça qui l'inquiétait le plus : n'avoir croisé aucun Noguère sur sa route.

Quand on est passés à la ferme, Carole et moi, Papa était déjà parti. Un message était scotché sur la table du salon :

Je vais à Biscarosse, chez Emilio,
chercher de la marchandise.
À ce soir, ou à demain matin.
Bises de ton Papa.
Marco

Le minimum d'explications pour que je ne m'inquiète pas. J'étais habitué. Ça me plaisait bien de savoir que mon père me faisait confiance.

J'ai récupéré le sac à dos que j'avais déjà préparé. J'y ai mis de quoi manger et boire. Pour tenir tout un jour complet. Deux jours, même, en faisant attention. J'ai mis aussi une lampe halogène à batterie au cadmium, un rouleau de corde, deux couteaux de scout et une couverture. Sans oublier l'appareil photo de Salima, avec flash incorporé, et plusieurs pellicules.

6

Carole n'avait pas tort. Ça n'a pas tardé à se compliquer pour nous. À peine arrivés devant les premiers arbres à l'entrée de la forêt, on a aperçu les deux fils Noguère qui sortaient du sous-bois. Plantés comme deux piquets devant nous sur le sentier.

Un peu plus loin, derrière un arbre, on a vu Denis Brisson, avec sa tronche de faux jeton.

Ils ne nous ont même pas demandé s'ils pouvaient venir avec nous. Les deux frères Noguère se sont arrangés pour nous séparer. Ils ont tout de suite encadré Carole. Denis, lui, s'était placé à côté de moi. Il me souriait !

– On rejoue à l'attaque des commandos, comme hier ? Vous êtes d'accord ?

Les Noguère ont répondu en chœur :

– Ouais !

– Et toi, Manu, t'es d'accord ?

– Bof ! Moui.

– Pas trop lourd, ton sac ?

Voilà qu'il se montrait prévenant avec moi, comme si j'étais une fille.

– Non !

– Tu le dis. Sinon, on te le portera à tour de rôle !

Je n'ai rien répondu et il est passé à la suite.

– Bon ! Pour les équipes, qu'est-ce qu'on fait ?

– On ne change rien !

J'ai dit ça sur un ton sans réplique.

Avec sa petite voix de gamin, Stephen a fait remarquer :

– Sauf que... Si toi et Carole, vous vous perdez encore une fois ? Comme hier ? Comment on va faire pour vous retrouver ?

Je n'ai même pas eu le temps de me retourner, Denis lui a répondu aussitôt :

– Ça ne risque plus rien ! C'est sûr que maintenant Manu et Carole connaissent à fond la forêt de Cabrérac. Pas vrai, Manu ?

– Mouais !

Ça ne me disait rien que ce soit Denis Brisson qui plaide notre cause. Mais, ce jour-là, je n'étais pas encore arrivé au bout de mes surprises.

Nous avons marché droit devant pendant presque un quart d'heure, sans pratiquement rien se dire. À un moment, on est arrivés à un carrefour. Le chemin de terre se séparait en deux. À gauche, vers la grotte, à droite, vers une colline qui dominait la forêt. Les Noguère, sans même s'arrêter, ont pris droit sur la colline.

Au bout de dix minutes, nous sommes arrivés dans une clairière à flanc de colline. Un champ abandonné, avec des herbes hautes et des fleurs partout. C'est encore Denis qui a proposé qu'on se pose là. Pour y installer notre camp de base. Comme s'ils attendaient un ordre de leur chef, les deux Noguère ont sorti leurs casse-croûte de leurs poches, et ils se sont installés vite fait le cul dans l'herbe.

Avec Carole, nous étions toujours séparés par les trois autres. On s'était assis l'un en face de l'autre. J'ai tout de suite compris, en captant le message dans ses yeux : elle n'avait pas eu le temps de se préparer quelque chose pour déjeuner. J'ai ouvert mon sac à dos et, sans dire un mot, je lui ai fait passer un sandwich par l'intermédiaire d'Andy. Carole a d'abord attaqué le jambon-gruyère avant de tendre la main vers moi.

– S'il te plaît, Manu, tu n'as pas quelque chose à boire ?

Je me suis levé pour porter à Carole la gourde que je venais de sortir de mon sac. C'est à ce moment là qu'Andy a plongé dessus à la vitesse de l'éclair.

– Moi aussi, j'ai soif !

Avant même que je me sois retourné, il avait déjà ouvert le sac. Il a fait tellement vite qu'il avait déjà sorti la corde et la grosse lampe halogène. Les deux autres ont eu le temps de voir ce que c'était et à quoi ça pouvait servir. J'ai tout remis en place, et je me suis assis dans l'herbe, le sac refermé, coincé entre les jambes. Mais je savais déjà que ça ne servait plus à rien.

Denis n'a même pas pris la peine de finir

son sandwich. Il a balancé le reste du pain dans l'herbe avant de se lever.

– Bon, moi, ça ne me dit plus rien de jouer à l'attaque aujourd'hui. Y'a un match de foot sur le terrain de Cabrérac. Je veux le voir. Bon, ben salut. À ce soir. Et faites gaffe. Vous perdez pas encore un coup... les amoureux !

Maintenant c'était clair. Si Denis Brisson retournait à Cabrérac, ça voulait dire que pour la grotte, c'était foutu.

Les deux Noguère se sont levés à leur tour et ont rejoint Denis, pour le suivre. J'ai interrogé Carole à voix basse.

– Qu'est-ce que t'en penses ? On leur parle de la grotte ? Après tout... ça changera pas grand-chose.

– Non ! Surtout pas !

– Ne te fais pas d'illusions. Si on ne leur en parle pas maintenant, et qu'on ne s'arrange pas avec eux, ce soir, à ton retour, c'est avec ton oncle que tu devras t'expliquer.

J'hésitais encore, mais Carole était déterminée pour deux.

– Tans pis ! Je prends le risque. Laisse-les foutre le camp.

7

Du haut de la colline, on les a observés un bon moment. À part les deux Noguère qui se sont retournés deux ou trois fois, pour voir si on bougeait, ils n'ont pas ralenti leur marche. De toute évidence, Brisson et ses deux lieutenants fonçaient sans escale, droit sur Cabrérac.

À mon grand étonnement, quand j'ai voulu lui parler, Carole a détourné la tête pour que nos regards ne se croisent pas.

– Tu sais, Manu... La grotte, ça fait un bout de temps que tout le monde sait qu'elle existe ! Moi, je le savais. C'est Stephen et Andy qui m'en ont parlé les premiers, l'an dernier. Cette grotte, c'est le grand secret de tout Cabrérac.

– Mais alors, pourquoi ils y vont pas ?

En même temps que je posais la question, je trouvais tout seul la réponse.

– J'ai pigé ! La grotte, ils la connaissent tous à Cabrérac ! Mais ils ne savent pas où elle se trouve.

Carole a tourné la tête, ses yeux étaient pleins de larmes.

– Quand, l'année dernière, Andy et Stephen m'ont parlé de la grotte pour la première fois, ils m'ont fait jurer de ne rien dire à personne. Ils m'ont raconté que tout le monde à Cabrérac cherchait cette grotte depuis des années. Depuis des générations, paraît-il. Jusqu'à des gens de Périgueux et de Bordeaux qui étaient venus fouiller. Pour rien, d'ailleurs. Andy et Stephen m'ont parlé d'une histoire de trésor. Des pièces d'or qui seraient cachées à l'intérieur de cette grotte. Des bêtises ! Le hasard a voulu que, jusqu'à hier, personne n'ait rien trouvé. Personne, avant nous deux.

– Remarque, on n'a pas pu tout voir, ni tout visiter. Si on y retourne aujourd'hui on verra tout le reste. Et s'il y a un trésor...

– Moi, hier, j'en ai vu assez pour me rendre compte. Cette caverne, ce sont des hommes du paléolithique qui l'ont occupée. À l'époque, ils ne connaissaient que le troc : une hache de silex contre un couteau de pierre, un cheval contre un bœuf... Le commerce, avec les pièces d'or ou d'argent, ça a été inventé beaucoup plus tard, des siècles plus tard.

– Dans le Périgord, c'est pas les grottes qui manquent. Notre grotte, ce n'est peut-être pas celle que tout le monde recherche, après tout ?

– Si seulement ça pouvait être vrai ! Parce que celle-là, elle me suffit bien assez, à moi.

Plus Carole parlait, plus je comprenais qu'elle en savait pas mal sur la question.

– Cette grotte, j'y ai pensé plus d'une fois, depuis que mes deux cousins m'en ont parlé. J'ai même fait des recherches, pour savoir des trucs sur la préhistoire, et sur la façon dont les hommes des cavernes réalisaient ces peintures.

Carole a redressé la tête pour me fixer droit dans les yeux.

– J'espère que tu me crois. Je te promets que je ne savais pas où se trouvait la grotte. Hier, quand on est tombés dessus, j'étais aussi surprise que toi. C'est un hasard total qui nous l'a fait découvrir. Je te le jure !

– Ne jure pas. Ce n'est pas la peine. Bien sûr que je te crois. C'est évident, vu la façon dont tout ça s'est passé.

Sa voix est devenue plus sourde. Elle a baissé encore plus la tête, sans doute pas vraiment fière d'elle.

– Cette grotte, ça peut tout changer dans notre vie. Chez mes parents à Saint-Fons, c'est pas la joie, tu sais. Mon père est au chômage. Il a quarante-trois ans et à cet âge-là, même si c'est pas vieux, on trouve plus grand-chose à faire. Ma mère, j'en ai marre qu'elle bosse chez les autres à faire leur ménage pour presque rien. Alors cette grotte, si on sait y faire, elle pourrait tout changer pour nous. C'est pour ça qu'hier, j'ai voulu qu'on n'en parle à personne... Faut que je te dise autre chose, aussi... Hier, quand on a trouvé l'entrée de la grotte, j'ai fait exprès de passer la première pour y descendre. Celui ou celle qui pénètre en premier dans une grotte qui n'a jamais été explorée est l'inventeur de la grotte. Automatiquement, il a des droits dessus.

– Ça veut dire, alors, que c'est seulement

la grotte « Carole » qu'on a découvert tous les deux ?

Ça m'a échappé, tellement j'étais déçu et malheureux de l'entendre me dire ça.

J'ai vu ses épaules trembler. Une grosse larme a roulé sur sa joue. La voix de Carole à ce moment-là est devenue un murmure.

– Non ! Je te jure que non ! C'est notre grotte. La grotte « Carole et Manu » !

J'ai pris le sac et on est partis en courant vers la gauche, tout droit sur notre grotte.

Mais je n'étais pas assez bête pour y aller directement. J'ai demandé à Carole de continuer à avancer dans le sous-bois, sans s'arrêter ni se retourner.

– Il faut que tu fasses le plus de bruit possible. Parle à haute voix. Au passage, casse des branches de bois sec. Traîne des pieds en passant dans les feuilles mortes.

Lorsqu'elle est partie, je me suis planqué dans un fourré très épais. J'ai attendu, pour voir. Voir si les trois autres n'avaient pas rebroussé chemin, pour nous espionner et nous suivre à distance. Je me suis planqué sous les branches, jusqu'à ce que je n'entende presque plus le bruit que Carole faisait, loin dans la forêt. J'ai couru pour la rattraper. Je me suis replanqué comme ça, plusieurs fois de suite.

À ma troisième planque, j'ai compris que personne ne nous suivait. Ce n'était pas là et maintenant qu'ils comptaient nous coincer. Ils savaient bien qu'à un moment ou un autre, Carole reviendrait à Cabrérac. C'est là qu'ils lui tomberaient dessus.

8

Sans être pisteur ni spécialiste en camouflage, c'était facile de se rendre compte que, depuis la veille au soir, personne n'avait découvert l'entrée de notre grotte. Précaution élémentaire, pour ne pas se faire surprendre, nous n'avons pas traîné devant l'ouverture dans le rocher.

On a seulement pris le temps de remettre des fougères fraîchement coupées devant.

Dès qu'on est entrés dans la grotte, la lampe halogène nous a changé la vue. Avec les recharges au cadmium à pleine puissance, nous devions avoir dans les trois heures d'autonomie. Et si ça ne nous suffisait pas, il nous restait encore la lampe Mickey de Carole avec sa pile toute neuve !

Nous avons décidé que tout ce qu'on trouverait dans cette grotte, on le toucherait le moins possible. Pas question de se faire une collection d'objets préhistoriques. Surtout si on voulait que, plus tard, les adultes nous prennent au sérieux. Après cette mise au point, on est passés dans la deuxième salle.

La lampe réglée en faisceau large avait assez de puissance pour éclairer l'ensemble de la grande salle. On est restés bouche bée, pendant un bon moment, la tête en l'air à regarder dans tous les sens. Il y en avait partout ! Des bisons comme celui qu'on avait trouvé la veille, et d'autres, encore plus gigantesques ! Des dizaines. Peut-être plus !

Rien que dans cette salle, j'ai fait un rouleau de trente-six poses en diapos. Sur un grand rocher plat en promontoire, on a repéré des marches taillées. Elles conduisaient directement à ce qui paraissait être l'entrée d'une troisième salle.

Plus longue et plus grande encore que la deuxième, elle était plus basse de plafond. Il y avait surtout des peintures de cerfs et de chevaux, avec quelques très gros sangliers. Les hommes préhistoriques avaient peint des mains sur tout un mur. Des mains en clair sur un fond de couleur rouge ou jaune. Des mains où il manquait parfois des bouts de doigts. Carole m'a expliqué que les hommes des cavernes prenaient de la couleur directement dans leur bouche. Après, ils posaient leur main, grande ouverte, sur la pierre... et ils recrachaient la peinture dessus. Quand ils enlevaient leur main du rocher, ça laissait cette empreinte. C'était un rite magique.

Dix mille ans plus tard, dans cette caverne, nous découvrions ces marques, comme si quelqu'un de notre époque venait de les réaliser, tellement les couleurs étaient restées vives et lumineuses.

Au pied d'une paroi, on est tombés sur une pierre plate avec des petits tas de terre de plusieurs couleurs. Carole m'a expliqué que cette pierre était la « palette » de l'artiste qui avait peint les animaux de cette caverne. À côté de la pierre plate, il y avait des tiges en bois avec des morceaux de plumes d'oiseaux attachées à un bout, les pinceaux du peintre de l'époque. Avec un peu d'eau qu'elle a pris dans une de nos gourdes, et un peu de terre rouge, Carole a fait un mélange, une sorte de gouache, qu'elle a utilisé avec un des pinceaux préhistoriques. Elle a écrit nos deux prénoms, et en dessous elle a inscrit la date.

– Comme ça, ils auront la preuve que c'est bien nous les premiers qui avons trouvé cette grotte.

Avant de passer à autre chose, j'ai pris soin de faire la photo de ces inscriptions, avec Carole assise dessous.

La tombe, c'est moi qui l'ai trouvée, pendant que Carole, à une vingtaine de mètres de là, était en train d'examiner avec la lampe des outils en pierre taillée et polie, trouvés à côté de ce qui ressemblait, selon elle, aux restes d'un feu.

– Leur feu de camp, aux hommes des cavernes, ça dégageait forcément de la fumée ?... Alors, comment ils faisaient pour ne pas s'asphyxier comme des renards, là-dedans ?

Carole n'a pas su me répondre.

La tombe se trouvait dans la partie la moins éclairée de la salle. D'ailleurs, quand je dis la tombe, ce serait plutôt le squelette.

Il ne restait que les os et tout autour de vagues bouts indéfinissables. Tout était couvert d'une poussière épaisse, collée sur les débris et sur les os. Sur le moment, je me suis dit que c'était tout à fait normal qu'il ne reste que ça du Cro-Magnon. On n'aurait pas été mieux conservés si on était restés, comme lui, presque cent vingt et un siècles dans cette caverne. Il était allongé dans un coin, sur une sorte de plate-forme de rocher. Je dis « il », parce que, pour moi, un squelette, je ne sais pas pourquoi, c'est forcément masculin. Devant ces vestiges, j'éprouvais comme un sentiment de gêne. J'avais l'impression de faire un truc pas bien. Pire même, de faire une bêtise si je touchais ce corps. Je me suis retourné pour appeler Carole. Elle est venue avec la torche.

– Regarde ! Il n'est pas mort hier, celui-là !... Mais, pourquoi tu fais cette tête ? Qu'est-ce qu'il y a ?

Carole, toute pâle, a levé la main pour me

montrer le mur qu'elle éclairait avec la torche. C'était tellement inattendu qu'il m'a fallu un bon bout de temps pour le reconnaître. Comme les peintures des hommes préhistoriques, ce dessin, je l'avais déjà vu dans mes livres d'histoire. Mais pas du tout à la même époque.

Sous le V de la croix de Lorraine, on avait écrit avec de la peinture ocre quelques mots en français et d'autres en espagnol :

Vive de Gaulle.
Viva el fronte popular.

– Ce type, c'était un résistant. Un maquisard, qui résistait aux Allemands pendant la guerre.

Je lui ai fait un résumé de ce qui s'était passé en France entre 1939 et 1945. Si Carole était très forte sur la préhistoire, moi, mon époque préférée, c'est la Seconde Guerre mondiale. Papa, depuis des années, et encore maintenant, dit que je lui casse les pieds parce que je n'arrête pas de lui demander qu'il me raconte ce qui est arrivé à son père, mon grand-père Carlos, qui a fait la guerre d'Espagne et le maquis, en France, dans le Vercors. Mon grand-père, bien sûr, je ne l'ai pas connu.

En cherchant tout autour, nous n'avons pas mis longtemps à retrouver quelques objets. Ça ne nous a plus laissé aucun doute sur l'époque et l'origine de ce squelette. La bassine en émail et la musette se trouvaient à côté d'un autre foyer. Au-dessus des restes de charbon de bois, il y avait une grille de métal et un quart en fer blanc, posé dessus. Tous ces trucs-là ne dataient pas du paléolithique.

Quand Carole a soulevé le sac en toile pour l'ouvrir, le fond lui est resté dans les mains. Tout ce qui se trouvait à l'intérieur s'est répandu devant elle sur le sable. Un pistolet tout rouillé, mais qui avait l'air d'avoir encore des balles dans le chargeur, des cartes du pays, et des lettres écrites à la main en tout petit ou tapées à la machine à écrire. Ces lettres – une bonne demi-douzaine – on les a laissées sur place, en évitant de les toucher. Parce que, en voulant examiner la première, Carole s'est retrouvée avec seulement des miettes de papier dans la main. Ce qui nous a émus, tous les deux, c'est les photos en noir et blanc. Elles étaient en bon état, et il n'y avait donc aucun risque de les voir tomber en poussière. Sur l'une d'elles il y avait une femme, jolie, avec un gros chignon sur le haut de la tête. À côté d'elle, il y avait un enfant de quatre ou cinq ans. Un garçon aux grands yeux noirs. Il était habillé avec une chemise qui avait un col de fille, avec de la dentelle sur les bords. Je ne sais pas pourquoi, mais ça m'a fait presque pleurer de regarder cette photo. Au dos, on avait écrit quelque chose, mais c'était illisible à cause de l'encre qui était pratiquement effacée. L'autre photo, c'était un groupe de trois jeunes types. Ils étaient armés. Ils souriaient devant l'appareil, avec leurs armes à la main ; ce n'était pas des chasseurs. En regardant le paysage derrière les trois maquisards, on s'est rendu compte que cette photo avait certainement été faite là, au-dessus, dans la forêt de Cabrérac. L'un des trois types qui souriait avec un pistolet à la main, c'était peut-être lui, le squelette qui se trouvait dans notre caverne ?

Ça faisait bien cinq minutes que Carole n'avait rien dit. La connaissant comme je la connaissais maintenant, je me doutais qu'elle devait réfléchir.

– Tu te demandes si c'est toujours nous deux les « inventeurs » de cette grotte ? Eh bien, moi, je te dis que oui. Les morts ne sont propriétaires de rien du tout. Et c'est pas celui-là qui va nous réclamer quelque chose. T'en fais pas. On a encore toutes nos chances.

Carole a relevé la tête en souriant. Ça a eu l'air de lui faire plaisir que je dise ça. Mais sa réponse m'a surpris.

– Il faut prévenir ton père. Il faut tout lui raconter. Avec lui, on se fera pas avoir. Je sais que dès que j'aurai passé la porte de chez mon oncle Lionel, il ne me lâchera plus. Ce n'est pas une lumière, c'est surtout un violent. Mais je m'en fous, je ne lui dirai rien ! Le plus dangereux de tout le village, c'est Brisson. Il n'est pas devenu maire de Cabrérac parce qu'il voulait aider les autres. Crois-moi, c'est lui le plus mauvais de tous.

Ça m'a vexé que Carole ne nous croie pas capables de nous en sortir tout seuls... Et puis, en réfléchissant, je me suis rendu compte qu'elle avait encore raison.

Nous avons pris le temps de visiter le reste de la caverne. Au fond de la troisième salle, pas très loin du foyer des maquisards, on a trouvé les débris, tout rouillés, d'un seau en fer. Il n'en restait plus grand chose. Une corde était encore attachée sur l'anse. À côté, il y avait un trou, pas très large, qui descendait tout droit. Ça devait correspondre à une rivière souterraine. On entendait l'eau qui glougloutait en bas. Au-dessus, dans le plafond, il y avait une autre ouverture, pas très large non plus, qui montait tout droit. En tendant l'oreille, on pouvait entendre le bruit du vent qui agitait les arbres, juste au-dessus, dans la forêt. La réponse à l'énigme de l'évacuation de la fumée était là. Cette caverne, pour tous ses habitants, pendant tous ces siècles, avait été un sacré bon abri, avec tout le confort moderne, feu, air, eau, et W-C !

Nous avons quitté la grotte vers cinq heures. En remettant une nouvelle couche de fougères sur l'entrée en haut du rocher, j'avais comme un pressentiment. On ne la reverrait peut-être pas de sitôt, la grotte « Carole et Manuel ».

Avant de quitter le coin, nous avons été

faire un tour sur le sommet des rochers. C'est dans un creux que j'ai trouvé l'ouverture. J'ai lâché un petit caillou dedans. Une seconde plus tard, j'ai entendu le bruit de la pierre qui cognait sur les débris du seau en fer, que j'avais placé juste dessous, dans la grotte.

Nous ne nous sommes pas beaucoup parlé sur le chemin du retour. Nous savions très bien qu'il ne nous était pas possible, ni à Carole, ni à moi, d'éviter ce qui nous attendait. Pour nous remonter le moral, tout en marchant, nous avons mis la dernière main à notre plan de bataille. Premièrement : Carole ne retournerait pas directement chez son oncle. Deuxièmement : dès son retour de Biscarosse, nous raconterions toute l'histoire à mon père. Avec lui, Noguère, Brisson et les autres allaient trouver à qui parler... et même plus, si nécessaire.

C'est presque le cœur léger, et avec un moral regonflé, que nous sommes arrivés en vue du terrain de camping-terrain de sport à côté de la ferme.

De loin, nous avons tout de suite vu que la pelouse était vide. Le match de foot était un bobard inventé par Denis. Ça ne nous a pas surpris. Par contre, Brisson, Noguère et deux autres types du village nous attendaient, bras croisés sur la poitrine, devant la porte de la ferme. Pour faire encore plus officiel, Brisson avait passé son écharpe de maire par-dessus sa tenue kaki de chasseur. Quand les quatre hommes nous ont vus arriver, ils ont empoigné leurs fusils de chasse. Noguère et un des deux autres ont pointé le canon de leur arme en plein sur la boucle en fer de ma ceinture...

9

Brisson n'a même pas attendu qu'on soit arrivés dans la cour de la ferme pour nous crier de loin qu'ils étaient venus nous arrêter. Officiellement et tous les trois. Mais comme Papa n'était pas là, ils ont commencé par le plus simple : Carole et moi.

Je ne sais pas si le maire d'un village a le droit d'arrêter des gens comme ça. Arrêter deux enfants, ça n'est pas tellement difficile, surtout avec des fusils. Pourtant, ça se voyait comme le nez au milieu de la figure que Brisson, Noguère et les deux autres affreux ne faisaient pas leurs fiers. Ils n'avaient pas l'air de savoir du tout comment ils allaient s'en sortir. Brisson avait dû préparer son discours pour nous arrêter « officiellement », comme il disait.

– Au nom de la loi ! En vertu de mes pouvoirs... Des pouvoirs que j'ai en tant que maire... Qui me sont conférés, de par la loi... Je vous arrête. Officiellement. Bougez plus !

Ça parait incroyable, mais pourtant, c'est vrai. Carole et moi nous n'avons pas pu nous retenir : on a éclaté de rire.

Nous n'aurions pas dû. Noguère est devenu comme fou. Il m'a foncé dessus en levant la crosse de son flingue. S'il ne me l'a pas abattue sur la figure, c'est sans doute parce que derrière lui, Brisson a crié : « Fais pas ça, Lionel ! »

L'oncle de Carole m'a simplement bousculé pour me faire tomber dans l'herbe. Une fois à terre, il m'a fichu un coup de botte dans les côtes. Je n'ai presque rien senti. Et même si ça m'avait fait mal, je ne lui aurais jamais montré.

Pour nous ramener jusqu'au village, Brisson et ses hommes nous ont fait monter dans une camionnette qui sentait le désherbant et l'engrais chimique. Nous nous sommes retrouvés dans la cour derrière la mairie, en même temps que le soleil se couchait. Ils nous ont poussés devant eux pour nous faire entrer dans la salle du conseil municipal.

L'autre partie de l'histoire de France que j'aime bien, c'est la Révolution française. Là, dans cette mairie, Carole et moi, nous nous sommes retrouvés en face d'un véritable tribunal révolutionnaire. Devant nous, ils étaient au moins une douzaine d'habitants de Cabrérac – dont deux femmes –, assis de l'autre côté d'une longue table en bois sombre qui occupait la plus grande partie de la salle.

– D'abord : confiscation du sac à dos et de tout ce qu'il y a l'intérieur.

Un des hommes qui nous encadrait l'a posé sur la table, en face de Brisson, qui présidait, au milieu des autres. Le maire a retourné mon sac en le secouant très fort. Il a tout renversé sur la grande table.

Il a poussé devant lui la lampe halogène, l'appareil photo de Salima, avec les trois rouleaux de pellicule, les deux couteaux de scout et le rouleau de corde. Le reste de bouffe, les gourdes, d'un revers du bras, il les a balancés par terre, loin de la table.

À côté de Brisson, un gros type, le seul en costume avec une cravate et un air important, s'est adressé à nous, comme un juge s'adresse à des criminels qu'il a déjà condamnés. Il a montré du doigt les objets devant lui.

– Voici les preuves de leur machination.

Brisson a coupé la parole du costumé pour commencer l'interrogatoire.

– Toi d'abord, le gitan. Où est ton père ?

Je n'ai même pas eu le temps d'ouvrir la bouche. Noguère a levé le pouce par dessus son épaule.

– Il est là-bas, hein ?

Ce n'était pas la peine de jouer les héros. De toute façon, ma revanche, notre revanche, c'est justement avec Papa qu'on avait le plus de chances de l'avoir.

– Non ! Mon père n'est pas là ! Il travaille, aujourd'hui !

À part Noguère, Brisson et les autres ont eu l'air vraiment soulagés de savoir qu'ils ne risquaient pas de voir mon père débarquer dans leur salle du conseil municipal. En bout de table, une des femmes, avec un chignon planté sur son crâne comme une meule de foin, m'a montré du doigt en s'adressant aux autres.

– Un dimanche ? Son père travaille même le dimanche, à celui-là ?

Brisson a réclamé le silence avant de reprendre son interrogatoire.

– Bon, je reprends ! Tu ne sais donc pas où est ton père ?

– Non !

– Monsieur le maire.

– Non... monsieur le maire. Il a été voir un fournisseur. Il vend du foie gras. À l'hyper...

– On s'en fout ! On le sait, ça.

Un des hommes, qui jusque-là n'avait pas ouvert la bouche, a levé la voix pour dire qu'on perdait du temps et qu'il fallait en arriver plus vite à ce qui intéressait tout le monde. Les autres ont acquiescé de la tête sans rien dire.

Noguère, qui ne tenait pas en place, a quitté sa chaise pour faire le tour de la table. Il s'est avancé en nous dévisageant comme deux criminels. Le semblant de tribunal, il n'en avait rien à faire. Il nous fixait, Carole et moi, droit dans les yeux. Dans la salle, plus personne ne parlait, même les mouches s'étaient arrêtées de voler.

– Je vous pose la question à tous les deux, mais je ne veux qu'une réponse. Dites-nous où elle est.

Carole n'avait pas la moindre chance de les convaincre, pourtant, elle a essayé.

– On a joué. Après, on a marché dans la forêt, c'est tout. On n'a rien trouvé. C'est vrai. Je le jure !

La baffe est arrivée si vite que je n'ai pas eu le temps de réagir. Un des deux gardes qui nous encadraient a fait un pas vers moi en levant la crosse de son fusil, histoire de me faire comprendre que si je bougeais d'un cil je risquais d'en prendre un bon coup dans les côtes. Noguère, le torse penché vers Carole, lui postillonnait au visage tellement il écumait de rage.

– Menteuse ! Menteuse comme ta mère. Déjà chez nous, avec les parents, quand elle avait ton âge, ta mère n'était qu'une sale petite menteuse. Toi, tu vaux pas mieux qu'elle.

Je n'ai pas pu me retenir.

– Vous n'avez pas le droit de dire ça ! Carole vaut mieux que vous et vos deux photocopies, Andy et Stephen. Je ne parle même pas de ce faux cul de Denis !

– Tu la fermes, toi, le gitan. Sinon, je te la boucle !

Quand il s'est tourné vers moi, j'ai vu qu'il ne bluffait pas, le tonton de Carole. Comprenant que ça allait dégénérer entre Noguère et moi, derrière la table le maire a fait un signe de la main. Il a croisé les bras sur sa poitrine pour nous impressionner et réclamer l'attention de tous les autres.

– Ça suffit ! Lionel, calme-toi. On n'arrivera à rien de cette façon. On avait décidé que ce serait Barbeau qui se chargerait de les interroger. En tant que notaire, c'est celui d'entre nous qui a le plus l'habitude.

Le gros à costume cravate a eu l'air content que le maire souligne son importance, avant de se gratter la gorge et de reprendre la parole.

– Tout d'abord, je tiens à vous dire que nous savons que vous avez trouvé une grotte historique qui appartient depuis toujours aux habitants de cette commune. Cette grotte se trouve sur nos terres. Ainsi, en vous introduisant dans une propriété privée, vous avez violé la loi. Vous êtes donc tous les deux sous le coup d'un délit grave et, de ce fait, vous devez vous considérer en état d'arrestation.

– C'est vous tous qui violez la loi. Vous n'avez ni le droit de nous arrêter, ni le droit de nous interroger. Vous n'êtes ni la police, ni les gendarmes.

Le cravaté, qui n'avait pas prévu d'être interrompu à ce moment-là de son discours, est resté la bouche ouverte, sans savoir quoi répondre. Brisson a volé à son secours en s'adressant à moi.

– Ton père et toi, on a la preuve que vous aviez préparé ce coup depuis que vous êtes arrivés ici. Les preuves sont là, sur cette table. On va vous poursuivre et vous finirez en prison.

Noguère n'a pas tenu plus longtemps. Il est venu se planter devant moi.

– Mais avant, on vous fera parler. C'est moi qui te le dis. Toi d'abord, le petit gitan, puis ce sera au tour de ton père...

Noguère s'est tourné vers sa nièce avec un air qui faisait comprendre que ça ne lui déplairait pas de lui taper dessus :

– Et toi après, la petite menteuse.

Ça a continué comme ça pendant un bon bout de temps, jusqu'à ce qu'un bruit dehors – le claquement d'une portière sur la place – arrête tout. Brisson, Noguère et tous les autres dans la salle se sont regardés d'un air gêné, pas rassurés du tout. Silence. Tous, autant qu'ils étaient, avaient l'air d'avoir peur. Ça m'a donné une idée pour nous en sortir. Je me suis tourné vers la porte et j'ai gueulé de toutes mes forces : « Au secours ! À l'aide ! Au secours ! Papa ! On est là… »

La gifle que Noguère m'a balancée par derrière m'a renvoyé direct à côté de Carole.

Au même moment, ils ont tous retrouvé des couleurs et leurs sourires de braves gens. Un type, fusil à la main, en casquette et gros pull kaki, a ouvert la porte et est entré dans la salle.

– Ça y est ! Tout le monde est en place. On a perquisitionné la ferme. Le gitan est pas là. Il a laissé un mot à son gosse. Il ne rentrera que ce soir de Biscarosse. Germain, Serge, Auguste et Michel montent la garde là-bas. Dès que le romano arrive, ils se le coincent.

Brisson a levé le bras pour réclamer le silence.

– On va suspendre la séance. On est trop nombreux et ça pourrait attirer l'attention… Vous comprenez tous ce que je veux dire. Le notaire Barbeau, Gaston, Michel et moi, on va chez Lionel. On sera plus tranquilles. Le môme, on va le foutre dans sa cave. Lionel va s'occuper de lui…

Deux ou trois hommes assis derrière la table ont vaguement protesté.

– Quand il aura parlé, on vous préviendra… et on refera une nouvelle séance pour décider, tous ensemble, ce qu'on fait.

Quand on s'est retrouvés seulement à sept dans la grande salle, j'ai vu dans les yeux de Noguère que ça lui plaisait bien, ce programme. Pour la première fois, l'oncle de Carole s'est adressé à moi sans gueuler.

– Tu vas voir, petit. On sera tranquilles, tous les deux, pour causer. Tu pourras gueuler autant que tu voudras. Personne ne viendra nous déranger.

Brisson, qui avait chopé Carole par le bras, lui a fait un sourire qui n'avait rien d'engageant.

– Moi, je discuterai gentiment avec ta nièce, en attendant !

S'ils avaient commencé par là, Brisson et Noguère auraient gagné tout de suite. Carole a bousculé Brisson pour se tourner vers son oncle et le regarder bien en face.

– Si vous me promettez de laisser Manuel repartir d'ici sans rien lui faire, je vous conduirai jusqu'à la grotte !

J'avais encore l'oreille qui bourdonnait, mais ça ne m'a pas empêché de hurler à Carole qu'elle était folle et que ça ne changerait rien. Brisson n'a rien fait, ce coup-là, pour empêcher Noguère de me balancer un revers à assommer un bœuf. En plein sur l'autre oreille. Je n'entendais plus rien de ce qu'ils disaient tellement ça carillonnait dans mon crâne.

J'étais cassé de partout. À partir de là, tout s'est passé très vite, comme dans un film. Brisson a ouvert l'appareil photo de Salima, pour dérouler à la lumière la pellicule qui se trouvait à l'intérieur. Il n'a pas oublié d'en faire autant avec les trois autres films, qui avaient disparu dans une des poches de son gilet de chasseur. Après, il m'a fait signe de m'approcher pour que je remette toutes mes affaires à l'intérieur du sac à dos. Dans mon crâne, ça sonnait comme une alarme de bagnole. Mais ça ne m'a pas empêché d'entendre Carole crier : « Manu ! » Noguère et un des deux autres types m'ont chopé par le bras, pour me faire passer la porte de la salle de la mairie à toute allure. Dehors, un gros type chauve m'a fait remonter de force dans la camionnette.

Pour que je reste tranquille pendant qu'on roulait, Noguère m'a empoigné par le bras droit, et l'a ramené dans mon dos. J'ai crié. Sa clef au bras me faisait un mal de chien.

Il m'a tenu tout le temps du trajet comme ça, le nez à dix centimètres du plancher de la camionnette.

– Écoute-moi bien, *gitano* ! Tu l'aimes bien, la Carole, hein ? Je veux pas savoir ce que vous avez fricoté pendant ces deux jours. Mais puisque tu l'aimes bien, va falloir te taire ! Parce que si tu racontes quoi que ce soit à ton père ou à quelqu'un d'autre, c'est elle qui paiera l'addition.

Quand on s'est arrêtés, Noguère m'a filé un dernier coup par derrière. Dans le bas des côtes. Ça m'a coupé le souffle et j'ai failli m'étaler sur le gravier quand il m'a poussé hors de la camionnette, devant la ferme.

C'était fini. Je n'ai plus opposé aucune résistance. Noguère et son copain Michel m'ont confié aux quatre autres qui montaient la garde dans notre salon. Avant de repartir, Noguère leur a donné des consignes de prudence.

– Ça y est ! On les a fait parler. La gosse va

nous mener à la grotte. Celui-là, faites-y attention. Ces *gitanos*, ce sont des champions pour vous endormir. Surveillez-le comme le lait sur le feu. Et s'il faut, n'hésitez pas à lui faire goûter de la crosse de vos fusils. Compris ? On vous fera remplacer dans une heure ou deux.

Après ça, Noguère et le gros chauve sont repartis vers Cabrérac. Pour charger Carole dans la camionnette. Carole, qui allait les amener à notre grotte.

Sans rien dire, avant même qu'ils ne me l'ordonnent, je me suis dirigé vers ma chambre. Bien entendu, mes nouveaux gardes ont veillé à ce que je ne referme pas la porte. J'avais l'air tellement mal que ça ne les a pas surpris que je me laisse tomber tout habillé sur mon lit, le couvre-lit par-dessus. Je me suis retourné vers le mur et je me suis endormi. Tout au moins, du salon, c'est ce qu'ils pouvaient croire. Rassurés et sûrs d'eux, mes quatre gardiens ont repris leur partie de cartes et continué à boire les bières piquées dans notre frigo. En fait, de l'endroit où ils se trouvaient, tout ce qu'ils pouvaient apercevoir, c'était le dessus-de-lit qui recouvrait mon traversin et, à la place de la tête, sur mon oreiller, le dessus d'une perruque de Salima.

Moi, j'ai pris une torche électrique sur une étagère de ma chambre et ouvert la fenêtre. Hop ! Je me suis balancé directement sur la pelouse. De là, je n'ai eu qu'à ramper jusqu'à l'ombre des grands arbres.

10

Il ne m'a pas fallu plus d'une demi-heure pour retourner en courant jusqu'à la grotte. Quand j'y suis arrivé, j'avais mal partout et une sacrée envie de vomir. Sans parler d'une autre envie. Celle de tous les exterminer, comme des insectes nuisibles. Tous !

Une fois grimpé sur les rochers, je n'ai pas eu besoin de descendre pour me rendre compte que Brisson et ses amis étaient à l'intérieur de notre grotte, avec Carole, bien sûr.

D'où j'étais, je les entendais pousser des cris et manifester leur surprise et leur enthousiasme en découvrant les peintures.

J'ai tout imaginé : bloquer l'entrée avec des blocs de pierre pour, après, aller prévenir mon père. Foncer à l'intérieur pour délivrer Carole et fuir avec elle. Au fond de moi, je savais qu'aucune de ces solutions n'avait la moindre chance de succès. Je suis donc retourné jusqu'au trou d'aération que j'avais repéré. Je n'avais pas l'image, mais pour le son, j'étais très bien placé.

Au début, j'ai mis un certain temps à comprendre deux choses : un bruit et une odeur. L'odeur, c'était celle d'un produit de nettoyage. Ça sentait l'Ajax ! Pour le bruit, je n'arrivais pas à identifier ce frottement régulier. Jusqu'à ce que j'entende Noguère s'adresser à sa nièce.

– Allez, Carole ! Frotte ! Il en reste encore !

Il a ajouté un truc auquel je n'ai pas fait attention sur le moment.

– Ça lui ferait tout drôle, à la mère Morel, de savoir qu'on a retrouvé son mari.

Un peu plus tard, j'ai entendu Brisson leur dire qu'ils ne devaient pas prendre de risque. Personne, en dehors des gens du village, ne devait savoir qu'avant eux il y avait eu un autre « inventeur » de cette grotte. Il fallait faire disparaître toutes les traces laissées par le maquisard. C'est Carole qui devait se charger de faire ça, en plus.

Au bout d'un moment, j'ai entendu le même frottement sur le mur. Au son de leurs voix, il me semblait que Noguère et ses copains s'étaient éloignés ; sans doute pour voir ce qu'il restait encore à découvrir dans la caverne. J'ai hésité un bon moment avant de tenter le coup. J'ai pris une petite pierre que j'ai laissé tomber dans la cheminée d'aération. Je l'ai entendue rebondir sur un rocher avant d'aller frapper un débris du seau rouillé. Carole a continué à frotter le mur sans s'arrêter. Je n'ai pas osé prendre le risque de balancer un autre caillou.

Le grand nettoyage dans la grotte n'a pas duré plus d'une heure. Je suis revenu me planquer dans les buissons pour les voir ressortir. Noguère portait un grand sac à patates, presque vide, sur l'épaule. Carole est sortie l'avant-dernière. Elle baissait la tête. Ils sont tous repartis dans la forêt, sans même prendre la peine de reboucher ni planquer l'entrée de la grotte. Maintenant, ils étaient sûrs de leur coup, les gens de Cabrérac.

J'ai rallumé ma torche halogène pour pénétrer à mon tour dans la caverne dès que j'ai entendu le bruit du moteur de la camionnette qui s'éloignait.

Je ne suis pas resté longtemps en bas. Dans la deuxième salle, je n'ai même pas pu repérer l'endroit où Carole avait inscrit nos deux noms et la date du jour. Dans la troisième, il ne restait pas la moindre trace de la croix de Lorraine et des inscriptions. Le foyer, le squelette du maquisard et les quelques objets qui lui avaient appartenu, tout avait disparu.

Par acquis de conscience, je suis allé voir jusqu'au trou d'aération. J'ai bien fait. Carole avait tracé une croix sur le sable. En passant la main dessus j'ai senti quelque chose d'enfoui. C'était la carte d'identité du résistant. À l'intérieur, la photo du type était devenue presque incolore. Mais on pouvait encore lire son nom : il s'appelait Morel, Antoine Morel. Il était instituteur à Cabrérac. Tout d'un coup, je me suis souvenu d'un détail qui m'avait frappé en visitant le village... Là, dans cette grotte, je venais de comprendre les raisons pour lesquelles Brisson et ses complices avaient fait le vide dans la caverne.

J'ai eu chaud. Ça ne faisait pas cinq minutes que je venais de repasser par la fenêtre pour retrouver mon lit que Noguère est venu rechercher ses gars. De ma chambre, je l'ai entendu leur dire que « tout était OK maintenant et qu'ils allaient pouvoir officiellement annoncer la découverte de la grotte. Sans aucun risque ». Après ça, l'oncle de Carole est venu voir si tout se passait bien de mon côté. Il a bien failli m'avoir : Noguère a soulevé le couvre-lit. Heureusement, il n'a jeté un œil que sur mon visage, pas sur mes baskets encore humides et maculées par la boue grasse du sous-bois.

Cinq minutes plus tard, ils sont tous repartis. Je me suis relevé pour aller glisser la carte d'identité du résistant entre deux bouquins, dans la bibliothèque.

Quand Papa est rentré, vers trois ou quatre heures, j'avais pris ma décision : il fallait d'abord préserver Carole. Je ne dirais rien, ni à mon père, ni à personne.

11

Le lendemain matin, j'ai émergé vers onze heures. Complètement sonné par la fatigue et les coups encaissés la veille. Mon épaule droite, que Noguère avait tordue, me faisait un mal de chien.

Papa était encore là. Il s'est moqué de la tête que je faisais. Je n'ai pas voulu répondre plutôt que de lui mentir. Comme il respecte trop la vie privée des autres, il n'a pas insisté.

Papa est reparti vers midi, tout seul, un peu triste que je refuse son invitation à déjeuner au resto et passer l'après-midi à l'hyper. J'avais trop de trucs à régler à Cabrérac pour pouvoir l'accompagner.

En début d'après-midi, quand je suis arrivé devant la mairie, on aurait pu croire que le Tour de France allait passer dans le village. Des bagnoles de télés et de radios plein la place et partout dans les alentours des groupes de trois ou quatre personnes qui discutaient entre elles. Les habitants de Cabrérac avaient tous l'air d'avoir gagné le gros lot du Loto !

La première chose que j'ai faite, ça a été d'aller vérifier la liste sur le monument aux morts de la guerre de 1939-1945. Son nom était le dernier, tout en bas. À part, avec une mention spéciale :

Morel Antoine, *disparu.*

Au bout d'une heure, j'ai discrètement fait le tour du village. J'ai pris garde de ne pas me faire repérer par un de ceux qui nous avaient « jugés », Carole et moi, dans la salle de la mairie. Maintenant, je savais presque tout sur l'affaire. J'avais même identifié une des seules personnes de Cabrérac qui n'avait rien à voir avec la magouille de tous ses habitants. La découverte de la grotte, en quelques heures, était devenue une affaire : l'Affaire de Cabrérac, avec un grand A, comme Argent !

Après les télés, les officiels ont débarqué l'après-midi au village. De loin, j'ai vu le notaire, Noguère, Brisson et quelques autres qui se pavanaient devant les journalistes. Brisson s'était changé. Il portait un costume à la place de sa tenue camouflée, mais avait gardé son écharpe autour du bide. Moi, deux choses m'importaient. La première, qu'était-il arrivé à Carole ? La seconde, il fallait que le plan monté par Brisson et ses administrés se casse la gueule.

De ce côté-là, silence total. Porte close chez Noguère. Pas plus de Janine que ses deux photocopies. Pareil chez Brisson. Son magasin était fermé. J'ai tourné autour des deux baraques pour rien du tout. Tout ce que j'ai pu apercevoir, c'est une lampe allumée dans le couloir du premier étage de la maison des cousins de Carole. À croire que Noguère avait fait disparaître toute la famille dans sa cave !

La grotte, bien entendu, j'y suis retourné. Elle savait ce qu'elle disait, Carole, à propos de ce qui allait se passer : *« Jamais plus on n'aura le droit de retourner dans la grotte. Après, elle sera à eux ! Ceux de Cabrérac, ou même d'autres. De Paris, par exemple. Et moi, ça, je ne veux pas. Je veux pouvoir y retourner ! Après, on leur dira. Mais seulement après.»* Comme elle avait raison ! Impossible de s'en approcher maintenant. Dans la forêt, un car était garé au bord d'un chemin de terre. Une douzaine de CRS montaient la garde en uniforme devant la grotte. Ils avaient installé des barrières métalliques pour que la presse et les curieux ne piétinent pas le site. Tu parles d'un cirque !

Ce soir-là, Papa est encore rentré tard. J'ai fait semblant de dormir. Entre les insomnies, la douleur qui me mordait le côté droit et mon inquiétude pour Carole, j'ai passé une nuit d'enfer.

– T'as une bien petite mine toi, ce matin. Qu'est-ce que tu fais de tes journées ? T'es pas malade, au moins ? m'a dit Papa en posant sa tasse de café et en ouvrant son journal.

– Non, non ! Ça va ! C'est juste que je me suis couché...

Je n'ai même pas fini ma phrase. La photo prise dans la salle des bisons s'étalait en première page de *Sud-Ouest* :

LA GROTTE DE CABRÉRAC
La fortune pour tout un village de Dordogne
Une véritable galerie de peintures et sculptures datant du néolithique dormait dans les collines de Cabrérac depuis plus de douze mille ans.

– Tu as vu ? Ça va leur changer la vie, aux habitants de Cabrérac. Une sacrée chance. Les voilà, à une dizaine, devenus les « inventeurs » de ce trésor archéologique. C'est la gloire et la fortune... Si l'État ne leur pique pas tout. On pourrait aller y faire un tour cet après-midi ? Je ne travaille pas aujourd'hui.

J'ai raconté à Papa que j'y avais été la veille et ce qui se passait autour de la grotte. Mais pour le reste, je ne lui ai rien dit. En revanche, ce que je n'ai pas pu éviter, c'est d'aller déjeuner avec lui.

Le resto était très sympa, au bord d'une rivière. Après le repas, comme il faisait très chaud et qu'il savait que j'adorais nager, Papa m'a proposé d'aller piquer une tête. Il a commencé à se douter de quelque chose quand je lui ai dit que je n'avais pas envie. Il a insisté et ça a été moins une que, pour rigoler, il m'attrape par l'épaule et me balance à la flotte. J'ai fait semblant d'aller me soulager dans un fourré, un peu plus loin. J'en ai profité pour me déshabiller en douce. Mon torse et mon épaule portaient à présent des marques bleu, jaune et marron. On aurait dit que je m'étais frotté aux murs de la grotte. Juste quand j'allais entrer dans l'eau, j'ai entendu la voix de mon père derrière moi.

– Qu'est-ce que c'est que ces marques ? Qui t'a fait ça ?

Vu son air, ce n'était pas le moment de lui raconter des salades. Ça m'a soulagé de pouvoir enfin tout lui dire.

Sous le coup de la colère, il a voulu aller trouver Brisson et ses complices pour leur casser la gueule. Mais, quand je lui ai parlé de ce que je savais à propos de la grotte et de la carte d'identité du maquisard, il a tout de suite été d'accord avec moi. Notre vengeance, à Carole et moi, serait de faire éclater la vérité.

On a passé une heure dans la rivière à discuter de notre plan. L'eau et ce que Papa m'a dit m'ont fait un bien extraordinaire. Je suis sorti de là tout neuf et avec une certitude. Papa allait m'aider. De toute ma vie je ne l'ai jamais vu trahir sa parole, ni avec moi, ni avec personne d'autre.

Le lendemain matin, Papa a réglé ses dernières affaires à l'hyper. Moi j'ai été à Cabrérac, bien décidé à avoir des nouvelles de Carole. C'est à la terrasse d'un café que j'ai appris la nouvelle. Le matin même, à la première heure, Janine Noguère et sa nièce avaient pris le car pour Toulouse, d'où elles rejoindraient Lyon par le train.

Je ne peux pas dire que ça m'a fait plaisir, mais ça m'a soulagé de savoir que Carole n'avait plus rien à craindre de Noguère. Je n'avais qu'un regret : ne pas avoir eu l'occasion de croiser Denis Brisson et les deux Noguère dans une rue isolée de leur village.

Quand je suis revenu au terrain de camping juste avant midi, Papa était déjà là. Ça m'a empêché d'être trop triste.

Notre plan, c'était du boulot. J'ai bien noirci trente pages pour raconter toute l'histoire. À la fin, Papa a pris le relais pour mettre le tout en forme.

Vers neuf heures du soir, on est retournés au resto du bord de l'eau pour fêter tout ça entre hommes ! Tout était prêt, plus rien ne nous retenait ici, on quitterait Cabrérac dès le lendemain matin.

On vient de quitter Cabrérac sous la flotte sans aucun regret et on fonce chercher Salima à Marseille.

La pluie n'est plus qu'un mauvais souvenir quand on s'engage sur l'autoroute à la hauteur d'Agen. On suit le soleil pendant quatre heures jusqu'à ce qu'il se couche dans la mer, quelque part derrière les dunes du Gros du Roy. Il fait tout juste nuit lorsqu'on arrive, le moral gonflé à bloc, sur le parking de l'aéroport de Marignane. Un bon quart d'heure avant l'arrivée du vol d'Alger.

Dans le hall de l'aérogare, la première chose qu'on fait, c'est de poster la grosse enveloppe. Quand je la lâche dans la boîte aux lettres, je me demande quel bruit ça va faire quand elle arrivera à destination.

Avec Salima, on est tellement contents de se retrouver qu'elle ne dit pas non quand

Papa nous invite à Marseille pour un dîner de gala.

Il faut que je précise une chose. Pour ce qui est de la lettre qu'on vient d'envoyer de Marignane, elle est adressée au procureur de la République du parquet de Bordeaux. Pas moins.

Épilogue

Carole et moi on s'est revus à Saint-Fons. Mon père et ses parents se sont mis d'accord pour qu'elle vienne passer ses vacances de la Toussaint avec nous, en Italie.

La grotte de Cabrérac ? Il a fallu attendre quatre semaines, mais ça valait le coup.

Bilan provisoire : un procès monstre et deux arrestations. J'ai découpé l'article de *Sud-Ouest*, qui résume bien la fin de cette affaire. Parce que, aujourd'hui, la grotte de Cabrérac est devenue une affaire judiciaire. Les habitants de Cabrérac viennent de perdre en même temps leurs illusions, leurs rêves de fortune, leur maire et surtout le droit d'exploitation commerciale de la grotte. C'est l'État et la région qui s'occuperont de tout.

Un beau matin, après avoir mené une enquête minutieuse et nous avoir interrogés, Carole, Papa et moi, le juge d'instruction de Bordeaux a fait tomber le plafond de la grotte sur la tête de Noguère et de Brisson ! Ils sont mis en examen pour faux témoignage, destruction de preuves, séquestration arbitraire, violation de sépulture, destruction d'œuvres appartenant au patrimoine national. Pas moins !

Dans la seconde partie, l'article de *Sud-Ouest* raconte l'histoire de la grotte et de sa découverte.

À Cabrérac, on savait depuis des siècles qu'il y avait une grotte décorée de peintures merveilleuses quelque part dans la forêt. La rumeur courait depuis le Moyen Âge que le seul habitant du village qui avait révélé l'existence de la grotte au cours d'une veillée avait été retrouvé assassiné le lendemain dans la forêt. Alors, de génération en génération, on fantasmait sur cette grotte !

Puis il y eu la guerre de 1939. Un jour, un groupe de combattants polonais s'est pointé dans la région. Sept, avec des noms impossibles à prononcer et à écrire. Ils avaient combattu en Espagne contre Franco et les fascistes. À la fin de cette guerre-là, ils ont trouvé normal de venir se battre pour la France contre l'occupant nazi. En 1943, après que les Allemands ont envahi la zone non occupée, ces Polonais ont pris contact avec l'instituteur du village de Cabrérac. C'était Antoine Morel. Il venait tout juste de se marier. C'était à l'époque un des rares du village à vouloir se battre et résister aux Allemands. Il a pris le maquis avec les Polonais. La suite de l'histoire de ce groupe de maquisards et celle de la découverte de la grotte, on la connaît aujourd'hui grâce au carnet – trouvé dans le sac à patates de Noguère – que Morel a tenu jusqu'au dernier jour de sa vie.

C'est au lendemain d'un jour d'orage que, par le plus grand des hasards, les maquisards sont tombés sur l'entrée de la grotte. Sans rien dire à personne au village, Morel et ses copains l'ont occupée pendant plusieurs mois. Ils s'en servaient de base de repli. Mais les choses ont mal tourné pour eux. Morel a été grièvement blessé au cours d'un coup de main. Pour le cacher, les Polonais ont pris la précaution de refermer l'entrée de leur grotte avec un lourd rocher. Mais hélas, au cours de l'opération qui a suivi, ils ont tous été capturés ou tués. Seul dans la grotte, incapable de sortir sans aide, Antoine Morel est mort de ses blessures et d'épuisement.

En mémoire de ce héros, il y a eu une émouvante cérémonie devant la grotte, dans la forêt de Cabrérac. Du monde est venu de partout. Pas des curieux cette fois, mais des gens de toutes origines qui se souvenaient et rendaient hommage.

Le préfet de Dordogne, au nom du gouvernement, déclara que la grotte s'appellerait officiellement : la grotte « Antoine Morel ».

Avec Carole, on a tout le temps devant nous pour trouver d'autres endroits où graver nos deux noms.

Si ce livre t'a plu,
lis ces quelques pages
d'Olivier Thiébaut

Frères de sang

n° 15 de la collection

Extrait

L'ennemi était là. Tout proche. Sournoisement tapi dans un recoin de la vieille baraque à l'abandon. J'avançais avec mille précautions. Évitant de faire crisser les gravats éparpillés sur le sol chaotique.

Longeant ce qu'il restait des murs à moitié éboulés. Passant furtivement devant les portes éventrées aux serrures inutiles.

J'avançais encore. Les pieds légers, deux plumes montées sur des baskets dernier cri. Courant d'air parmi les courants d'air qui s'engouffraient par les fenêtres sans vitres. Je levais parfois le nez vers le toit où le ciel gris, chargé de nuages lourds, remplaçait à présent les vieilles tuiles réduites en miettes par les tempêtes. Pourtant, la menace ne viendrait pas d'en haut. Trop risqué de s'embusquer sur la charpente vermoulue étouffée par un lierre accrocheur, prête à rompre au moindre choc. Oui, la menace viendrait d'ailleurs. Peut-être du fin fond de ce couloir sombre dans lequel je venais de m'engager. Je retenais ma respiration. Attentif à chaque bruit. Au plus petit souffle. Mais, pour l'heure, j'entendais surtout mon cœur cogner dans ma poitrine. Papoum ! Papoum ! Il faisait un tel boucan que j'avais l'impression que la terre entière résonnait de ses battements rapides et désordonnés. Papoum ! Papoum ! Papapoum ! À tous les coups, le potin de ce foutu cœur allait attirer l'attention de celui que j'étais venu traquer dans cette non moins foutue bicoque livrée aux herbes folles. Un instant, fermant les yeux, j'ai pu lire les titres des journaux qui s'étaleraient le lendemain dans les kiosques : « Le lieutenant de police David Meunier trahi par son propre cœur ! » C'était trop bête et j'ai vite chassé ces mauvaises pensées. Du moins j'ai essayé car, soudain, c'est ma gorge qui s'est nouée. Un petit nœud serré au niveau de la glotte. Enveloppant une boule d'angoisse. Pour la première fois j'avais réellement peur et j'ai pressé plus fermement la crosse de mon revolver. Dans cet antre dévasté, c'était désormais le seul ami sur qui je puisse compter. Ce n'était pas le moment de le lâcher.

Bout du couloir. Bout du tunnel. Débouchant sur deux autres pièces. Cette satanée bâtisse était un vrai labyrinthe. Où aller ? Que faire ? Ne pas bouger ? Attendre que l'ennemi se montre ? Le dos plaqué contre un mur, j'ai pris le temps d'étudier soigneusement toutes les possibilités.

Elles me paraissaient aussi absurdes les unes que les autres. Qu'est-ce que je faisais là ? Pourquoi avais-je choisi d'être un flic ? Trop tard, d'ailleurs, pour se poser des questions. Je ne pouvais plus reculer.

Levant un peu la tête, attiré par un infime mouvement, j'ai sursauté. À vingt centimètres de moi, une araignée velue et grosse comme le poing me scrutait en faisant frémir chacune de ses huit pattes. Ce danger n'en n'était pas vraiment un mais, n'ayant jamais aimé ce genre de bestiole, ça m'a décidé à agir. J'ai bondi dans la pièce la plus proche. Les bras tendus. Le revolver pointé devant moi. Pour prévenir toute attaque de cet ennemi jusque-là invisible. Fantôme parmi les fantômes qui devaient hanter chaque parcelle de cette maison délabrée. J'ai balayé tout l'espace d'un grand mouvement circulaire. Pour mieux voir. Mieux contrôler. Être prêt au cas où. Tout m'a d'abord paru calme. J'ai lentement baissé mon arme. J'ai tout aussi lentement tenté de retrouver une respiration plus régulière. J'ai essuyé une goutte de sueur sur mon front. C'est alors que les premiers coups de feu ont éclaté. Venus de derrière moi. Tirés d'un endroit auquel je n'avais pas fait attention. Trois déflagrations à la fois sèches et assourdissantes. En une courte rafale.

Bam ! Bam ! Bam !

Instinctivement, j'ai projeté mon corps vers l'avant.

Bam ! Bam ! Bam !

Roulé bien mal boulé.

Bam ! Bam ! Bam !

L'écho se projetait sur les murs lézardés.

Bam ! Bam ! Bam !

S'échappait par les fenêtres sans vitres.

Bam ! Bam ! Bam !

Fuyait par le toit sans tuiles.

Bam ! Bam ! Bam !

Trois balles qui m'étaient destinées.

Bam ! Bam ! Bam !

L'une d'elle m'avait-elle atteinte ? Je ne savais pas encore. Mon corps n'était qu'une boule de nerfs à vif. Tout se bousculait. Trop de choses à penser en même temps. Et cet écho...

Baâm ! Baââm ! Baââââm !

Je n'arrivais plus à penser avec cet écho. J'avais la sensation d'avoir la tête prise dans un étau.

Bammm...

Tout redevint enfin calme. Et j'ai pu voir.

J'ai pu voir que j'avais lâché mon arme et qu'elle gisait à deux bons mètres de moi. J'ai pu voir l'ennemi, surtout. Surgi de derrière un vulgaire et poussiéreux carton.

L'ennemi, donc. Avec, aux lèvres, un sourire triomphant. Il se rapprochait en tenant son revolver bien en main. Le mien était trop loin et trop proche à la fois. Je n'avais pas une chance sur mille de m'en saisir sans me faire trouer la peau. D'ailleurs, le temps d'y penser, l'ennemi était déjà sur moi. Ce dernier regard que je lançai en direction de mon arme n'y changeait rien.

– Alors, Meunier, on voulait jouer au plus malin ?

Effondré de m'être fait avoir aussi facilement, je n'ai rien répondu.

J'ai senti son arme se poser sur mon front. J'ai fermé les yeux. C'était vraiment trop bête.

– Adieu, Meunier.

BAM !

souris
Noire

Dans la même collection

1 **Pinguino**
Franck Pavloff

2 **Lambada pour l'enfer**
Hector Hugo

3 **Le squat résiste**
Franck Pavloff

4 **Ippon**
Jean-Hugues Oppel

5 **Cauchemar-rail**
Stéphanie Benson

6 **Mon frère est un drôle de type**
Olivier Mau

7 **La Calanque des ermites**
François Joly

8 **Un privé chez les nababs**
Gérard Moncomble

9 **Embrouille à minuit**
Malika Ferdjoukh

10 **Nuit rouge**
Jean-Hugues Oppel

11 **Aladdin et le crime de la bibliothèque**
Marie et Joseph

12 **Wiggins et le perroquet muet**
Béatrice Nicodème

13 **Wiggins et la ligne chocolat**
Béatrice Nicodème

14 **L'Assassin de papa**
Malika Ferdjoukh

15 **Frères de sang**
Olivier Thiébaut

16 **Le disparu de Cabrérac**
Alix Clémence

Achevé d'imprimer sur Cameron
par **Bussière Camedan Imprimeries**
à Saint-Amand-Montrond
Conception graphique couverture :
Didier Thimonier
Dessin de la Souris noire : Lewis Trondheim
Typo dessinée par Anne Ladevie
Dépôt légal : janvier 1998
ISBN : 2-84146-517-9
N° d'éditeur : 1573
Loi n° 49.956 du 16 juillet 1949
sur les publications destinées à la jeunesse
N° d'impression : 1/50

Achevé d'imprimer [illegible]
[illegible] Imprimeries [illegible]
[illegible]
Dépôt légal : janvier 1998
ISBN 2-[illegible]
[illegible]
[illegible] impression [illegible]